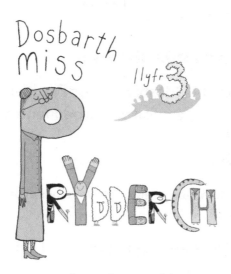

Dosbarth Miss PRYDDERCH llyfr 3

a Lleidr y Lleisiau

★ ★ ★

MERERID HOPWOOD

Lluniau gan
RHYS BEVAN JONES

Gomer

Cyfarwyddiadau

Annwyl Ddarllenydd,

Croeso i Ddosbarth Miss Prydderch. A diolch i ti am fod yn barod i fentro ar y daith!

Cofia:

★ Mae hanes yr antur yn ymestyn dros dri llyfr.

★ I gael y stori i gyd, bydd angen i ti ddarllen y tri llyfr.

★ Pan fyddi di'n gweld yr arwydd hwn yn y llyfrau, os oes gen ti amser, gwibia draw i **www.missprydderch.cymru** i gael mwy o wybodaeth.

★ Weithiau byddi di'n gallu gweld llun neu esboniad yno.

> Does dim rhaid i ti eu darllen nhw, ond bysen ni'n dau'n hoffi meddwl dy fod yn gwneud.

★ Ar ymyl ambell dudalen bydd sylwadau bach mewn bybls gan naill ai fi neu Alfred

★ Os nad y darluniau sydd ar y dudalen yw'r rhai sydd yn dy ben di - dim problem, gelli di ddychmygu rhai gwahanol yn eu lle. Wedi'r cyfan, dim ond dychymyg sy'n dweud beth yw lliw a llun pethau mewn llyfrau fel y llyfrau hyn.

Gan obeitho'n fawr y byddi di'n mwynhau'r stori a'r siwrnai.

Gyda dymuniadau gorau,

Yr un sy'n dweud y stori

> Wyt ti wedi darllen y rhain?

Cyhoeddwyd gyntaf yn 2017 gan Wasg Gomer,
Llandysul, Ceredigion SA44 4JL
www.gomer.co.uk

ISBN 978 1 78562 101 7

Cyhoeddwyd gyda chymorth ariannol
Cyngor Llyfrau Cymru.

Argraffwyd a rhwymwyd yng Nghymru gan Wasg Gomer,
Llandysul, Ceredigion SA44 4JL

I blantos Pontiago, ymhell ac agos.

Ydych chi'n cofio?
Dyma ddigwyddodd yn
Llyfr 1 a 2, sef
Dosbarth Miss Prydderch
a'r Carped Hud a
Dosbarth Miss Prydderch
a Silff y Sarff.

◆◆◆◆◆◆◆◆◆◆◆◆◆◆◆◆◆◆◆◆◆◆◆◆◆◆◆◆◆◆◆◆◆

Mae'r AWDURDODAU eisiau cau Ysgol y Garn, ond mae dosbarth Miss Prydderch wedi dechrau ymgyrch i gadw'r ysgol ar agor. 7G: Gwaelod y Garn - Gyda'n Gilydd Gallwn Greu Gwaith.

Ar yr un pryd, draw yng Nghoedwig y Tylluanod mae Dr Wg ab Lin yn parhau i achosi diflastod i anifeiliaid y Goedwig, ac wedi ceisio dwyn Alfred ac Elen.

Yn lwcus iawn, mae Alfred a'i ffrindiau wedi dyfeisio iaith newydd - Y Garneg - a dydy Dr Wg ddim yn deall gair ohoni.

Y cwestiwn mawr yw, a fydd Alfred ac Elen a Miss Prydderch a gweddill y dosbarth yn gallu achub trigolion y Goedwig AC achub Ysgol y Garn?

Mae tasg ENFAWR o'u blaenau.

Ac mae'r ateb rhwng cloriau'r llyfr hwn.

Ydych chi'n barod am antur arall … ?

40

Dirgelwch y llyfr llwyd

◆◆◆◆◆◆◆◆◆◆◆◆◆◆◆◆◆◆◆◆◆◆◆◆◆◆◆◆◆◆◆◆◆

Draw yn Hafod y Grug, roedd cath fach Elen wedi dringo i ben y gwely a mewian, 'Mae'n amser codi'. Roedd mam Alfred yn galw hefyd. Galw a galw a galw. Ond roedd Alfred yn parhau yn ei freuddwyd lle roedd yn hedfan ar gefn Tw-ît, gydag Elen yn dal yn dynn yn ei wregys. Yn torri drwy'r freuddwyd

clywodd lais ei fam yn ei rybuddio, 'Bydd mam Elen yma unrhyw funud — ti'n cofio dy fod di'n mynd yn gynnar i'r ysgol heddiw?'

NEIDIODD Alfred allan o'r gwely. *Glou, glou, glou.* Gwisgo, dillad, gwregys, 'molchi, rhuthro lawr i frecwast, llyncu'r tost a'r jam, 'nôl lan

Am ryw reswm, roedd ei fam bob amser yn cuddio pethau da fel siocled a malws melys yn yr un lle - sef mewn sosban. Roedd Alfred yn caru malws melys. Yn enwedig rhai wedi eu gorchuddio â siocled.

lofft i olchi'i ddannedd … a jyst amser i sleifio i'r cwpwrdd sosbenni i weld a oedd ei fam wedi cuddio'r malws melys yno. *Oedd.* **Gwych!** Roedd Alfred yn cofio gymaint o eisiau bwyd oedd arno'r tro diwethaf iddo fynd i Goedwig y Tylluanod.

Cofiodd hefyd, am eiliad, gymaint o **ofn** oedd arno pan gafodd e 'i wasgu'n dynn ym mhlygion corff llithrig, caled Dr Wg.

Ond nid dyma'r amser i deimlo'n ofnus! Roedd sŵn car mam Elen tu fas, a gwaeddodd **'Ta-ra Mam!'** a rhuthro drwy'r drws.

Yn y car, roedd mam Elen yn llawn cwestiynau:

- 'Beth y'ch chi'n mynd i fod yn 'i wneud yn yr ysgol mor gynnar?'
- 'Dyna FRAINT fod Miss Prydderch wedi gofyn i chi am help – oes rhai o'r plant eraill yn cael mynd?'
- 'Y'ch chi'n meddwl y bydd llawer yn postio'r holiaduron yn y blwch 7G?'
- 'Dyna lwcus y'ch chi wedi bod o gael athrawes mor dda â Miss Prydderch ...'
- 'Tybed a fyddai Miss Prydderch yn aros tan ddiwedd y flwyddyn? Wedi'r cyfan, athrawes dros dro oedd hi ...'

Rhyw atebion 'ie' a 'na' roddai Alfred ac Elen iddi, ac roedd y daith fer i'r ysgol yn teimlo'n daith hir iawn.

Car bach mam Elen oedd y Mini. Tu allan roedd e'n sglein i gyd. Tu mewn roedd arogl lemwn glân. Ar y seddi cefn roedd clustogau bach yn dweud 'Mini Mam'.

Pan stopiodd mam Elen ei Mini tu allan i'r ysgol, neidiodd y ddau ddisgybl allan o'r car a rhedeg tua'r iet. Roedd Mr Elias wedi cyrraedd – ond neb arall.

Parciodd mam Elen y car yn ofalus, a cherdded draw at y blwch postio. Roedd hi a'i gŵr wedi gwneud eu gorau i lenwi'r holiaduron neithiwr, ond doedd hi ddim yn obeithiol iawn. Ddwedodd hi ddim hynny wrth Elen wrth gwrs. Ond allai mam Elen ddim gweld sut y byddai pobl Gwaelod y Garn yn gallu 'creu gwaith gyda'i gilydd'. Yn un peth, roedd tad Elen wedi esbonio bod angen arian **mawr** i greu gwaith, a bod lle mor wledig â Gwaelod y Garn ddim yn mynd i ddenu pobl ag arian **mawr**.

11

Doedd dim ffyrdd da yn dod i'r pentref. Doedd dim cyfleusterau fel pictiwrs a chanolfan hamdden a siopau a phethau. Ond roedd mam Elen wedi dadlau a dweud bod rhaid cael pobl cyn cael cyfleusterau, a'r unig ffordd i gael **pobl** oedd drwy gael gwaith.

A rownd a rownd a rownd aeth y ddadl mewn un cylch. Nawr pe byddai gan Waelod y Garn rywbeth gwerthfawr fel olew neu aur neu rywun oedd yn wych, wych, wych yn gwneud rhaglenni cyfrifiaduron, neu ryw bethau felly, yna byddai siawns go dda o ddenu gwaith. Ond heb ddim

Mae pobl yn fodlon talu arian mawr am olew oherwydd mae olew yn gyrru peiriannau ceir a phethau felly.

un o'r pethau hynny, ofnai tad Elen fod pethau'n edrych yn go ddu.

Ac roedd tad Elen fel arfer yn iawn.

Yn ei swyddfa fach, yr un ofnau oedd yn mynd trwy feddwl Mr Elias. A doedd gweld mam Elen yn postio dwy amlen yn y bocs ddim yn codi ei galon ryw lawer. Roedd e'n ofni'r cyfarfod brys heno. *Drato!* Doedd e wir ddim yn edrych ymlaen at weld wyneb hunanfodlon Mrs Gillian Thomas a'r hen snich o swyddog 'na yn dod nos Wener i glywed nad oedd Gwaelod y Garn wedi gallu datrys dim, ac yna gweld y ddau yn dweud 'told you so', a chyhoeddi y byddai'n rhaid cau'r ysgol.

13

Dim gobaith.

O diar. Ac am unwaith, doedd Mr Elias ddim yn gallu dweud 'Da iawn, da iawn', ddim hyd yn oed wrtho fe ei hunan.

Os oedd yr oedolion yn llawn anobaith, roedd Elen ac Alfred yn llawn gobaith.

Roedd y ddau gyfaill wedi cyrraedd dosbarth Blwyddyn 6 ac wedi mynd yn syth i gwpwrdd Miss Prydderch. Roedden nhw'n sylweddoli'n iawn na ddylen nhw fusnesan o dan y papurau ar ben y cwpwrdd – ond roedden nhw hefyd yn sylweddoli bod diogelwch holl anifeiliaid Coedwig y Tylluanod yn eu dwylo nhw ... heb sôn am ddiogelwch y chwistl-drwmp.

14

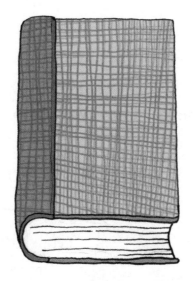

'Dyma fe!' sibrydodd Alfred yn llawn cyffro. 'Wedes i wrthot ti fod Miss Prydderch wedi gadael y Llyfr Llwyd fan hyn.'

Tynnodd Alfred y llyfr yn ofalus ac agor y clawr.

Dyna beth od. Nid llyfr arferol oedd hwn gyda geiriau mân wedi'u teipio'n ofalus. Roedd y geiriau i gyd wedi'u hysgrifennu â llaw.

'Sgrifen Miss Prydderch yw hwn!' sibrydodd Elen yn llawn cyffro. **'Edrych!'**

Ar y dudalen flaen, roedd y geiriau:

Llyfr Hanes
Coedwig y
Tylluanod
gan
Marilyn
Prydderch

Cŵl! Ffab!

'CŴFŴGŴL' meddai Alfred.

'FFAFAGAB!' meddai Elen yr un pryd.

'Dere, gad i ni fynd â fe draw i'r cornel darllen,' meddai Elen, cyn gofyn 'ti'n meddwl bod gwell i ti neu fi eistedd ar stôl deircoes Miss Prydderch? Falle fyddwn ni'n methu mynd i'r Goedwig fel arall.'

'Ie, iawn,' cytunodd Alfred, 'ond mae'n rhaid i ni frysio.'

Estynnodd Elen y stôl a'i gosod hi

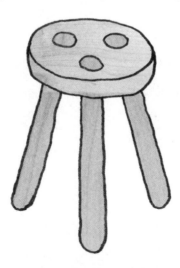

ar ganol y carped. Safodd Alfred y tu ôl iddi i gael gweld y llyfr.

Roedd y tudalennau nesaf yn llawn lluniau. Llun o'r castanwydd yn dal ac yn hardd ac yn dywyll. Yna llun manwl o un o'r dail. Y llun nesaf oedd un o Gwen a Gwlanog, ac yn dilyn hwnnw roedd llun Tw-ît a Tw-hŵt a'r tylluanod eraill, gyda'u clustiau bach coch. Ar y dudalen gyda llun y Llannerch, roedd amlinell o'r plant i gyd yn eistedd yn gwrando ar

Sef bod yn hollol siŵr o rhywbeth.

y ddwy Miss Prydderch – ond dim ond cefnau'r plant oedd i'w gweld.

Wrth droi'r dudalen nesaf, gallai Alfred daeru fod y llyfr i gyd wedi fflachio. Dros ddwy dudalen roedd corff hir Dr Wg yn troi a throelli, ac roedd ei dafod fforchog i'w gweld yn glir. Trodd Elen y dudalen honno'n gyflym. Roedd bron yn ddigon i wneud iddi newid ei meddwl am yr holl syniad o fynd i'r Goedwig.

19

'Dere 'mlaen!' meddai Alfred. Mae'n rhy hwyr i ni droi 'nôl nawr. Dere, byddwn ni'n iawn!' Ond gan fod Elen wedi stopio troi'r tudalennau, ychwanegodd, 'A beth bynnag, dim ond stori yw hi!'

'Pam fod Miss Prydderch wedi galw'r llyfr yn **Hanes** 'te?' gofynnodd Elen.

Doedd gan Alfred ddim ateb, dim ond pwyso ymlaen a throi'r dudalen nesaf yn ofalus.

 A dyma beth welon nhw:

Pennod 1 –
Colli Sgidiau – Colli Llais

Pennod 2 –
Colli Chwistl-drwmp

Pennod 3 ...

20

Roedden nhw'n swnio fel parti cyd-adrodd yn Steddfod yr Urdd

A dyna'r cwbl! Roedd pob pennod yn wag. Ar ôl y ddwy bennod gyntaf, doedd dim hyd yn oed teitlau i'r penodau.

Edrychodd Elen ac Alfred ar ei gilydd mewn syndod, ond tyfodd eu syndod hyd yn oed yn fwy pan glywson nhw lais cyfarwydd yn dod o gyfeiriad y drws.

'Bore da!'

Trodd y ddau o edrych ar ei gilydd i edrych draw at y drws.

Pwy oedd yn sefyll yno yn dal ac yn llwyd ond Miss Prydderch!

'Miss Prydderch!' meddai'r ddau.

41

Sori, Miss Prydderch

◆◆◆◆◆◆◆◆◆◆◆◆◆◆◆◆◆◆◆◆◆◆◆◆◆◆◆◆◆◆◆◆◆◆◆◆◆◆◆

'Wel, wel, wel, y'ch chi wedi dod yn gynnar!' meddai Miss Prydderch wrth Elen ac Alfred.

'Yyy … ydyn,' oedd ateb tawel Alfred.

Sylweddolodd Elen nad oedd unrhyw bwynt mewn trio cuddio'r Llyfr Llwyd. I ddechrau, roedd e'n llawer rhy fawr, ac yn ail, byddai Miss Prydderch yn siŵr o

Sef 'cweir' neu 'row'.

weld bod y papurau ar ben y cwpwrdd wedi symud.

'Sori, Miss Prydderch,' meddai Elen. Dyna, mae'n debyg, oedd y peth gorau i'w ddweud.

Safodd Alfred yn gadarn. Roedd e'n barod am stŵr gwaethaf ei fywyd.

Arhosodd Miss Prydderch yn llonydd wrth y drws am sbel. Ar ôl meddwl, dwedodd, 'Rhowch y Llyfr 'nôl ar ben y cwpwrdd.'

Cododd Elen yn nerfus at y ddesg. Roedd holl ddewrder y bore wedi diflannu. Sylweddolodd y buasai'n llawer gwell ganddi wynebu Dr Wg na siomi Miss Prydderch.

Cerddodd Miss Prydderch yn

23

araf draw i gyfeiriad y cornel darllen. Eisteddodd ar y stôl a dweud wrth Elen ac Alfred am ddod i eistedd. 'Esboniwch un peth i mi,' dwedodd, heb fod yn flin. 'Pam y'ch chi'ch dau wedi dod yma mor gynnar?'

Edrychodd Elen ac Alfred ar ei gilydd.

'Dewch,' meddai Miss Prydderch, 'mae'n rhaid i chi ddweud y gwir – falle alla i'ch helpu chi.'

Alfred oedd y cyntaf i siarad. Dechreuodd esbonio wrth Miss Prydderch eu bod nhw eisiau gorffen y stori, am eu bod nhw'n poeni am bawb yn y Goedwig. A dwedodd sut ei fod e wedi defnyddio'r chwistl-drwmp i dynnu sylw Dr Wg pan oedd hwnnw ar fin llyncu Elen yn fyw, a sut oedd Dr Wg wedi llithro i fyny'r goeden lle roedd e'n cuddio ac wedi gwneud i Alfred simsanu a gollwng y chwistl-drwmp. Ac wedyn bod Dr Wg bron wedi'i fwyta'n fyw. Ac wedyn bod Elen wedi dal y chwistl-drwmp a'i ganu fe nes bod Dr Wg wedi gollwng ei afael ...

AC WEDYN, esboniodd Elen ei bod hi ac Alfred wedi sylwi ar ôl i'r carped godi a gadael y Llannerch, nad oedd Gwen a Gwlanog, na Tw-ît na Tw-hŵt, na Mr Cnoc, na neb arall wedi dweud yr un gair. DIM UN!

Ddwedodd Alfred ddim mai gollwng y chwistl-drwmp yn ei ofn a wnaeth e mewn gwirionedd.

25

Ydych chi'n cofio'r gair hwn o Lyfr 2? 'Trigolion' y Goedwig yw pawb sy'n byw yn y Goedwig.

Roedd hi ac Alfred yn siŵr fod Dr Wg wedi dwyn lleisiau'r creaduriaid i gyd. Doedd dim dwywaith yn ei meddwl hi nad oedd holl drigolion y Goedwig mewn perygl.

Ar ben hyn i gyd, roedd y ddau'n gwybod bod Dr Wg yn anhapus. Doedd e ddim yn hoffi colli'i groen, a doedd e ddim yn hoffi gorfod treulio cymaint o amser yn cysgu drwy'r gaeaf am fod y Goedwig yn rhy oer iddo. Roedd Elen ac Alfred yn siŵr fod Dr Wg yn credu y gallai'r creaduriaid eraill ddatrys ei broblemau, ond doedden nhw ddim yn gwybod sut. Yr unig beth roedden nhw'n ei wybod oedd bod Dr Wg yn siŵr o geisio carcharu pawb eto er

26

mwyn mynnu eu bod nhw'n gweithio iddo fe …

'A dweud y gwir,' meddai Elen, 'mae gen i biti dros Dr Wg hefyd, achos mae e'n drist iawn, iawn – ac mae e'n gwneud camgymeriad mawr wrth feddwl mai drwy fod yn gas wrth bawb arall y bydd e'n gallu bod yn hapus.'

'Ac felly,' dwedodd Alfred, 'mae'n rhaid i ni fynd 'nôl i'r Goedwig. Mae'n rhaid i ni achub ei thrigolion, ac mae'n RHAID i fi gael y chwistl-drwmp 'nôl, achos pan gyrhaeddais i adre, doedd e ddim yn fy ngwregys i.'

'Tad Alfred oedd bia'r chwistl-drwmp. Ac mae tad Alfred wedi marw,' meddai Elen mewn llais bach.

Roedd Miss Prydderch yn gwrando'n astud.

Pan ganodd y gloch a llifodd gweddill y plant i mewn i'r dosbarth, roedd gan Miss Prydderch gynllun.

42

Yn ôl i'r Goedwig

◆◆◆◆◆◆◆◆◆◆◆◆◆◆◆◆◆◆◆◆◆◆◆◆◆◆◆◆◆◆◆◆

'Nawr 'te, blant,' meddai Miss Prydderch, 'mae cynlluniau heddiw'n wahanol i'r arfer. Fel y'n ni gyd yn cofio, ar ôl hanner dydd heddiw, bydd Mr Elias yn agor blwch postio 7G, ac ry'n ni i gyd yn gobeithio'n fawr y bydd e'n orlawn o holiaduron, ac y bydd pawb yng Ngwaelod y Garn wedi nodi eu sgiliau a'u syniadau ac y byddwn ni –

rywsut neu'i gilydd – yn gallu gweld ateb i'r CWESTIWN MAWR: Sut i Greu Gwaith?'

Cododd Anwen Evans ei llaw. 'Miss Prydderch, chi'n meddwl y bydd llawer o bobl wedi postio'r holiaduron? O'dd Mam ddim yn siŵr beth oedd hi'n mynd i'w roi ar y daflen.'

'Na Mam fi,' meddai Siân Caruthers.

'Na Dad, na Mam,' meddai sawl llais arall.

'Twt lol!' atebodd Miss Prydderch yn gadarn. 'Wrth gwrs bydd y blwch yn ORLAWN. Mae gen i bob ffydd ym mhobl Gwaelod y Garn! Mae'n rhaid i ni godi llais dros ein hawliau, ac mae'n rhaid i ni weithio dros yr hyn sy'n iawn. A'n prif hawl ni yw cael gwaith!' Roedd hi'n sefyll â'i braich yn yr awyr, gan edrych yn debyg i'r llun yn stori Gwenllïan o Gydweli, lle roedd Gwenllïan yn dweud wrth y milwyr oedd ar fin ei lladd hi, 'Cofiwch fi!'

'Hwrê!' meddai Alfred.

A chyda hynny, cododd Gwyn ar ei draed a galw, 'Gwaelod y Garn: Gyda'n Gilydd Gallwn Greu Gwaith!' a dechrau martsho o gwmpas y stafell nes bod pawb yn ei ddilyn!

Roedd Miss Prydderch yn amlwg wrth ei bodd, ond cyn bod y dosbarth yn

Sef gair posh am 'bob tro'.

mynd dros ben llestri'n llwyr, gwnaeth ei thric arferol, sef sefyll yn gwbl lonydd â'i llygaid hi'n dweud 'Dyna ddigon!'

Roedd yn union fel swyn hud a lledrith, achos heb godi'i llais o gwbl, byddai'r plant – YN DDIEITHRIAD yn tawelu ac yn mynd 'nôl i'w seddi.

'Felly, gan ei bod hi'n ddiwrnod mor arbennig, dwi wedi penderfynu ein bod ni'n mynd i gael Amser Stori heddiw, yn lle'r Gwyddoniaeth a'r Prawf Sillafu fel sydd ar yr amserlen,' esboniodd Miss Prydderch wedi i bawb eistedd. 'Bydd hyn yn helpu'r bore i fynd yn gyflym, a phan fydd y stori wedi gorffen, wel, pwy a ŵyr? Falle y bydd hi'n hanner dydd a bydd yr atebion i gyd gyda ni.'

Gallai Alfred daeru bod Miss Prydderch wedi rhoi ryw hanner gwên iddo, ond doedd e ddim yn hollol siŵr chwaith. Cododd pawb yn dawel i fynd i gyfeiriad y cornel darllen, a throdd Alfred tua'r drws i osod y mop yn ei le.

'Dwi ddim yn meddwl bod angen i ni drafferthu gyda'r mop bore 'ma, Alfred,' dwedodd Miss Prydderch. 'Mae gan Mr Elias ddigon o bethau ar ei feddwl. Go brin y daw e ar hyd y coridorau heddiw.'

A chyn bod Alfred na neb arall yn llawn sylweddoli beth oedd yn digwydd, roedd y carped yn chwyrlïo allan drwy'r ffenest i gyfeiriad y Dwyrain a draw am Goedwig y Tylluanod. Roedd Elen wedi

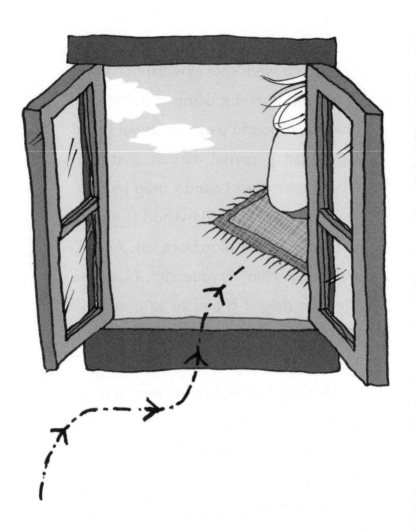

cadw lle i Alfred, ac roedd y ddau'n barod am antur fawr.

Wrth iddyn nhw ddringo uwchben y cymylau sibrydodd Elen wrth Alfred:

'Ofogoes ofogofn afagarnafat tifigi?'

'Oes ofn arnat ti?'

Ac am unwaith yn ei fywyd, atebodd Alfred yn onest, 'Ofogoes. Tafagamefeged bafagach.'

'Oes, tamed bach.'

43

Rhywbeth **mawr** o'i le

◆◆◆◆◆◆◆◆◆◆◆◆◆◆◆◆◆◆◆◆◆◆◆◆◆◆◆◆◆◆◆

Doedd y dosbarth **erioed** wedi glanio
yn y Goedwig yng nghanol noson mor
dywyll o'r blaen, ond am fod yr hydref
wedi cyrraedd, roedd hi'n nosi'n gynnar
yng Nghoedwig y Tylluanod, ac roedd
canhwyllau dail y castanwydd wedi newid
eu siâp. Lle roedden nhw o'r blaen yn
pwyntio tuag i fyny fel canhwyllau gwyn
mewn eglwys, roedden nhw nawr yn
hongian tuag i lawr, fel bwlb golau o'r

nenfwd. Ac yn lle eu bod nhw'n wyn, roedd y goleuadau bach yma yn wyrdd ac yn bigog.

Roedd hi mor dawel â'r bedd wrth i'r carped ddisgyn yn ysgafn i lawr tua'r Llannerch. Dim sŵn un creadur yn unman. Roedd hi'n anodd iawn gweld hefyd, ond eiliadau wedi iddyn nhw gyrraedd, cerddai awel finiog drwy'r coed gan wneud i'r dail lliwgar ar y llawr ddawnsio'n rhyfedd. Daeth sŵn siffrwd y dail i lenwi'r lle, ond gyda hynny, trodd siffrwd y dail yn sŵn siffrwd gwahanol. Sŵn siffrwd SSSSSSSSSS fawr fileinig Dr Wg.

Fflachiodd y Llannerch yn felyn ac yn wyrdd a llenwodd braw pob twll a **chornel**. Roedd yr hydref wedi rhoi cyfle gwych i Dr Wg guddio, a'i groen gwyrdd a melyn e'n mynd o'r golwg dan y dail.

'Missssssssssssssssssssssssssssssss Prydderch! Croesssssssssssssssssssssso! Ro'n i'n gobeithio y byddech chi'n dod 'nôl. Oessssss ffrindiau gyda chi heddiw?'

A chyn i Miss Prydderch allu ateb, cododd Elen ar ei thraed. Cydiodd Molly yng nghoesau Elen a cheisio'i thynnu hi 'nôl nawr. Cofiai hi'n rhy dda am y tro diwethaf y clywodd Dr Wg ei llais hi a Max.

Ond doedd dim troi 'nôl ar Elen. **'Oes!'** atebodd Elen. 'Mae gan Miss

Sef blin iawn, iawn.

Prydderch lond dosbarth o ffrindiau. Ac ry'n ni gyd wedi dod yma achos, fel mae'n digwydd, ry'n ni hefyd yn ffrindiau gyda Gwen a Gwlanog a Tw-ît a Tw-hŵt a Mr Cnoc a'r gweddill – ac ry'n ni ishe gwybod ble mae pawb – a pham fod y lle 'ma mor dawel?!'

Fflachiodd llygaid Dr Wg yn gymysg o gyffro crac a llawenydd. Clywodd y plant ei gynffon yn taro'r llawr nes bod y dail yn neidio i bob man. *Fflac! Fflac! Fflac! Fflac!*

Roedd ei ben e'n symud yn wyllt o'r dde i'r chwith, a gwibiai ei dafod fforchog i mewn ac allan o'i geg yn gyflym. Llithrodd ei ffordd i ganol y plant gan wasgaru pawb, a phan gyrhaeddodd e

Yn syth! Nawr! Rŵan!

Elen, lapiodd ei hunan amdani nes ei bod hi bron iawn o'r golwg ym mhlygiadau ei gorff a dim ond ei phen melyn hi yn y golwg.

'Gadewch hi'n rhydd! AR UNWAITH!' Tro Alfred oedd hi nawr i sefyll yn gadarn.

'O. TI!' hissssiodd Dr Wg. 'Ro'n i'n meddwl tybed lle'r oeddet ti, Sssssyr Bach.'

'Wel, nawr ry'ch chi'n gwybod! A dwi'n eich rhybuddio chi i ollwng Elen yn rhydd!'

'Www! Sssssssdim isssse bod yn sssssstropi!' hissssiodd Dr Wg yn ôl yn sarcastig reit. 'Mi wnaf i hynny

Sef gwneud hwyl am ben rhywun mewn ffordd fach sy'n awgrymu nad ydych chi'n eu cymryd nhw o ddifrif.

40

Glou! Pawb ar ei gynffon!'

ar unwaith!' A chyda hynny, taflodd ei wddw i fyny tua'r coed ac ymestyn ei holl gorff, gan ollwng Elen ar frigau uchaf castanwydden enfawr.

'Glofogou! Pafagawb afagar efegei gyfygynffofogon!' gwaeddodd Alfred.

Deallodd Gwyn yn syth, a dilynodd pawb. Eisteddodd y dosbarth i gyd ar ddarn gwaelod cynffon hir y neidr nes ei fod e'n methu symud, a chyn i Dr Wg ddeall beth oedd o'i le, roedd Alfred wedi tynnu ei wregys ac yn ceisio'i orau glas i glymu Dr Wg yn sownd wrth gastanwydden fwyaf y Goedwig.

Ond roedd Dr Wg yn gryf, a dechreuodd daro'i gorff yn erbyn y

llawr eto – *Fflac! Fflac! Fflac!* –
nes bod y plant i gyd yn cael eu taflu i
bob cyfeiriad. Estynnodd ei gorff eto,
a hisssssian. 'Mmmmm, amsssssssssser
ssssssswper!'

Gyda hynny, agorodd ei geg yn
fawr a hyrddio'i hunan tuag at Alfred.
Dechreuodd Alfred redeg nerth ei draed,
ond roedd Dr Wg yn ei ddilyn e'n agos.
Teimlai Alfred y neidr yn dod yn nes y
tu ôl iddo. Roedd e'n dyheu am droi i
edrych i weld pa mor agos oedd Dr Wg,
ond cofiai'n dda am y ras ym Mlwyddyn
5 pan faglodd e dros gath Elen Benfelen
a cholli. Allai e ddim fforddio baglu nawr.
Ddim ar unrhyw gyfri. Byddai baglu'n
golygu cael ei fwyta'n fyw gan Dr Wg.

Gwaeddai'r plant i gyd ar ei ôl, 'Rhed Alfred. **Rhed!**'

Ac yna, trodd y gweiddi yn un floedd fawr – '**HWRÊÊÊÊÊ!**'

Hwrê? meddyliodd Alfred.

Ac yna, clywodd lais Gwyn yn gweiddi, 'Alfred, **Alfred, STOP!**'

Stop? Stopiodd Alfred.

Yn araf mentrodd droi i edrych. Gwelodd olygfa ryfeddol.

Roedd Miss Prydderch yn dal strap ei bag rhwyd llwyd gyda'i dwy law, a beth oedd **YN** y bag rhwyd llwyd? Pen Dr Wg!

Tu ôl i Miss Prydderch roedd y dosbarth i gyd yn neidio a gweiddi. 'Hwrê i Miss Prydderch! **Hwrê!**'

Rhoi'r gorau i bethau. Mae rhai'n dweud 'rhoi'r ffidil yn y to', er, wrth gwrs, does dim rhaid bod ffidil go iawn gyda chi...

Ond doedd Dr Wg ddim am ildio'n hawdd. *Fflac!* *Fflac!* *Fflac!* meddai gwaelod cynffon Dr Wg, nes bod y dail i gyd yn neidio i bob man. Roedd e'n troi a throsi ei ben yn ffyrnig, a Miss Prydderch yn dal y strap â'i holl nerth.

Plygodd Alfred i estyn ei wregys o'r llawr a'i wisgo'n ofalus. Doedd e'n sicr ddim eisiau colli hwnnw, ar ben popeth. Ofnai Alfred y gallai Dr Wg dynnu ei hunan yn rhydd o'r rhwyd lwyd unrhyw funud, ond am y tro, roedd e'n gaeth.

Llwyddodd Elen i eistedd ar un o'r ychydig ddail mawr a oedd yn dal yn wyrdd ar y goeden gan chwyrlïo i lawr i'r llawr yn ddiogel. Dyma ei chyfle! Rhedodd draw at Alfred a safodd y ddau o flaen Dr Wg.

'Ble mae trigolion y Goedwig?' gofynnodd Elen yn flin. 'Dere, Dr Wg! Mae'n rhaid i ti ddweud, neu fyddi di'n gaeth am byth!'

Roedd hi'n anodd iawn deall Dr Wg yn siarad drwy'r rhwyd, ond rhywbeth fel hyn oedd ei neges: 'Doessssss dim pwynt i ti fynd ar eu hôl nhw. Maen nhw sssssssiŵr o fod wedi lladd ei gilydd erbyn hyn! Ro'n i wedi cael llond bol arnyn nhw'n ... ac felly benderfynesssss i drio'r hen, hen dric! Mi ddwedesssss i wrth y

'Corddi' yw troi rhywbeth rownd a rownd yn gyflym. Yn fan hyn, ystyr corddi yw gwneud pethau'n llawer gwaeth.

tylluanod fod y defaid am ddwyn eu plu nhw, ac mi ddwedessss i wrth y defaid fod y tylluanod am ddwyn eu gwlân nhw. Ac mi gredon nhw! Ac am 'mod i wedi dwyn eu lleisiau nhw, ac felly'u bod nhw'n methu siarad â'i gilydd, maen nhw wedi penderfynu ymladd! A phan adawessss i nhw bore 'ma, ro'n nhw gyd yn paratoi ar gyfer rhyfel.'

Rhyfel?! Doedd Alfred ddim yn gallu credu'r peth. 'Ond ro'n nhw'n gymaint o ffrindiau!'

'A, wel, ie, O'N nhw ... ond ddim nawr, ddim ar ôl i fi gorddi ychydig ...' meddai Dr Wg rhwng y bylchau yn y bag rhwyd.

46

Arfau yw offer rhyfel, pethau fel bwa saeth a bwledi a gwn a bom.

'A beth bynnag, mae rhyfel rhwng dafad a thylluan mor annheg – mae tylluanod yn gallu hedfan!' meddai Elen mewn arswyd.

'RO'N nhw'n gallu hedfan! Dy'n nhw ddim yn gallu hedfan nawr. Dim hedfan a dim siarad!' atebodd yr hen Dr Wg.

'A beth am Mr Cnoc!?' gofynnodd Miss Prydderch.

'Mr Cnoc? Dyw e ddim lot o iws i fi. Felly dwi wedi gadael llonydd i Mr Cnoc. Ac mae e wedi gweld ei gyfle! Fel ym mhob rhyfel, mae rhyw ddyn busnes yn rhywle yn gwneud ceiniog neu ddwy. Ac mae Mr Cnoc a'i deulu i gyd yn brysur yn gwneud arfau i'r tylluanod

47

ac i'r defaid! O. paid ti â phoeni am Mr Cnoc. Bydd e'n ddyn cyfoethog. sdim ots pwy fydd yn ennill.' Roedd Dr Wg wedi ffeindio twll mwy yn y bag rhwyd ac yn dechrau siarad yn glir.

'A beth sydd gen ti i'w ennill yn hyn i gyd?' holodd Miss Prydderch eto.

'Dim byd! Dwi'n mynd i orfod cuddio yn yr ogof fel bob blwyddyn. yn oer ac yn ddiflas ... ond o leiaf bydda i'n gwybod bod llai o dylluanod pluog a defaid gwlanog yn yr hen fyd ma ... a falle. pwy a ŵyr. byddan nhw'n fodlon fy helpu i y tro nesa. Falle bydd y RHYFEL yma'n dyssssgu gwersssss fach iddyn nhw!'

Digwyddodd y pethau nesaf yn gyflym iawn. Roedd Dr Wg wedi dechrau gwthio'i ben drwy'r twll yn y bag rhwyd ac roedd e'n araf bach yn llithro'n rhydd. Ond doedd Elen nac Alfred na Miss Prydderch ddim wedi sylwi. Neb ond Lewis Vaughan. Doedd Lewis Vaughan ddim yn gwrando ar yr holl gwestiynau, dim ond yn syllu ar ben Dr Wg yn gwthio'n bellach ac yn bellach drwy'r twll. Doedd dim ond un peth amdani. Tynnodd Lewis Vaughan ei siwmper wlân dew. Ac wrth fod Miss Prydderch yn pwyntio at Dr Wg a gweiddi arno, 'Paid ti mentro troi dy lygaid! Paid ti mentro dianc!'

taflodd Lewis Vaughan y siwmper dros wyneb y neidr a chlymu'r ddwy fraich am ei wddw e.

Gyda'i gorff yn y bag rhwyd a'i ben yn siwmper Lewis Vaughan, doedd dim posib iddo ddianc mwy – neu o leiaf, doedd dim posib iddo weld ble roedd e'n mynd a doedd dim posib i neb ei weld e'n troelli ei lygaid milain.

44

Rhyfel

◆◆◆◆◆◆◆◆◆◆◆◆◆◆◆◆◆◆◆◆◆◆◆◆◆◆◆◆◆◆◆◆

Holltodd Miss Prydderch yn ddwy. Arhosodd Miss Prydderch Smotiau Pinc gyda'r dosbarth a Dr Wg, ac aeth Miss Prydderch Smotiau Melyn gydag Alfred ac Elen i gyfeiriad Silff y Sarff.

Roedd sŵn byddarol yn dod o'r cwm; nid sŵn y dŵr yn rhuthro dros y rhaeadr, ond sŵn arall. Sŵn drymiau.

Sef golygfa llawn braw a dychryn ac ofn.

Sef ychydig bach yn goch ac ychydig bach yn wyn, bron fel pe byddai'r lleuad yn gwaedu.

Yn ofalus, ac yng ngolau bylbiau'r castanwydd, cerddodd y tri tuag at y dibyn. I lawr ar waelod y cwm, roedd golygfa arswydus. Roedd cannoedd o gnocelli'r coed yn curo yn erbyn darnau o bren. Dyna oedd sŵn y drymiau.

Wedyn, ar y naill ochr i'r afon edrychai'r defaid i gyd yn hollol wahanol. Roedd hi'n anodd iawn eu gweld yn y tywyllwch, ond roedd y lleuad yn codi'n uwch ac yn uwch, a chyda phob eiliad roedd y broblem yn dod yn fwy ac yn fwy amlwg. Roedd y lleuad yn codi'n gochwyn.

I lawr yn y cwm, roedd gan bob dafad darian ddu a helmed dros ei hwyneb. Ac nid helmedau cyffredin oedd y

Bwyd â blas cas yw rhywbeth 'chwerw' fel arfer, ond mae pobl (ac anifeiliaid siŵr o fod) yn gallu teimlo'n chwerw pan maen nhw'n drist a blin a chrac a diflas.

rhain. Roedd yr helmedau hyn yn bigau drostyn nhw, a'r pigau'n sgleinio yng ngolau'r canhwyllau.

Ar yr ochr arall, safai'r tylluanod. Roedden nhw'n edrych yn drist a chwerw, a phob un yn gwisgo helmed goch. Roedd dau dwll bob ochr i'r helmedau, lle roedd eu clustiau coch yn dod drwyddyn nhw'n bigau. Ac ar ben eu clustiau roedd hoelion sgleiniog.

Ac yn hedfan yn ôl ac ymlaen rhwng y ddwy garfan, roedd aelodau o deulu Mr Cnoc, (y rhai oedd ddim yn curo'r drymiau pren), yn brysur yn gwerthu arfau. Roedd hi bron yn amhosib i'w gweld nhw, heblaw am fflach yr hoelion rhwng eu pigau dan olau cochwyn y

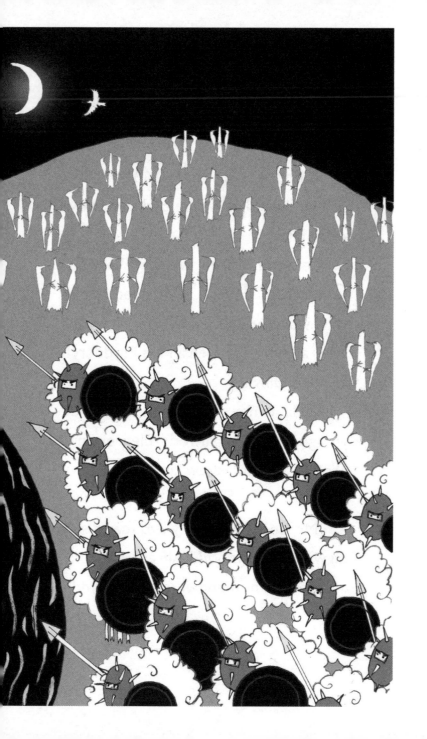

Sŵn mor fawr nes y gallai wneud i chi golli eich clyw a mynd yn fyddar.

lleuad wrth iddyn nhw wibio drwy'r cwm.

Roedd y sŵn yn fyddarol. Sŵn neb yn dweud gair. Dim ond sŵn mawr y drymiau.

Ceisiodd Alfred weiddi. **'Gwen! Gwlanog! Tw-ît!'** Ond roedd pawb yn rhy brysur yn meddwl am y frwydr i sylwi ar Alfred ac Elen a Miss Prydderch ar ben y dibyn.

Gyda hynny, hedfanodd Mr Cnoc yn agos, agos a galwodd Elen ei enw. Trodd, a daeth draw at y ddau ar y dibyn.

'Mr Cnoc! Beth yn y byd mawr sy'n digwydd?!' gofynnodd Alfred.

'Beth ti'n meddwl sy'n digwydd?!

Sef mynd yn gynddeiriog o grac a blin.

Sef ennill ychydig o arian.

Parti pen-blwydd?!' meddai Mr Cnoc yn flin i gyd. 'Ni'n paratoi at ryfel, Alfred! Ac os oes gronyn o sens yn dy ben di, fe ei di o ma'n glou, neu fe fyddi di ac Elen Benfelen yn farw gelain. Mae'n mynd i fod yn frwnt!'

'Ac arnat ti mae'r bai!' mentrodd Alfred gan bwyntio at yr arfau yn ffedog Mr Cnoc. Teimlai Alfred ei waed e'n berwi.

'Fi? Fi? FI? Twt lol. Dim fi ddechreuodd yr holl gwympo mas. Chi'n-Gwbod-Pwy oedd hwnna.'

'Ie, ond ti sy'n gwneud yr arfau …'

'A, wel, mae'n rhaid i rywun wneud bywoliaeth,' atebodd Mr Cnoc gyda gwên fach hanner drist, hanner hapus,

Sef Dr Wg ab Lin.

57

'ac mae'r pris yn dda. Bydda i'n gallu talu am bob math o bethau i'm gwneud i a'r teulu i gyd yn hollol hapus gydag arian yr arfau… A beth bynnag, roedd rhaid i fi gytuno gwneud yr arfau er mwyn cael fy llais 'nôl. Dyna oedd y fargen. Ar ôl i chi ein gadael ni tro dwethaf, dyma Dr Wg yn dwyn llais PAWB …'

'Stop!' Llais Elen y tro yma. 'Stop! Alfred, edrych!' Roedd Elen wedi plygu a chodi rhywbeth o'r llawr ar ymyl y dibyn. Dau ddarn bach, bach o bren gyda min arian. 'Dy chwistl-drwmp di, Alfred!'

Cydiodd Alfred yn y chwistl-drwmp yn gyflym. Doedd e ddim yn gallu credu'i lygaid!

'O ie,' dwedodd Mr Cnoc. 'Ffeindies

Mr Cnoc! 'Sbwriel' ac 'Anobeithiol' yw'r geiriau iawn!

i hwnna ar y llwybr, a ti'n gwybod beth? Mae'n rybish. Dysgu ni ganu, wir! 'Sdim posib cael un nodyn ohono – dwi 'di trio – hopeless. Wast ar amser!'

Ond roedd Alfred wedi codi'r offeryn i'w geg, ac wedi dechrau canu cân. Llanwyd y cwm â sŵn hudolus fel sŵn awel yn y gwair hir sy'n cwrdd â'r traeth, cyn i'r traeth droi'n dywod.

Stopiodd Mr Cnoc siarad. Stopiodd sŵn y drymiau. Daeth un Cnoc Bach ar ôl y llall yn nes ac yn nes at Alfred. Cyn hir, roedd pob cnocell wedi dod i wrando. Roedden nhw'n hercian yn un rhes ar ymyl y dibyn. Ar lawr y cwm, roedd y tylluanod a'r defaid wedi codi'u llygaid i edrych. A thrwy'r tawelwch mawr doedd dim i'w glywed ond sŵn nodau chwistl-drwmp Alfred.

Edrychodd Elen ar Mr Cnoc. Roedd e'n edrych mor, mor, mor drist. A dweud y gwir, roedd Elen yn meddwl iddi weld deigryn bach yng nghornel ei lygad. Rhoddodd ei llaw ar dop ei ben pluog.

'Ti'n gweld?' sibrydodd Mr Cnoc wrth Elen. 'Tasen i ddim ond yn gallu canu! Bydden i'n hapus go iawn. Fydde dim angen arian arfau.'

'Gad i Alfred dy ddysgu di!' sibrydodd Elen yn ôl.

'Dwi ddim yn credu gall e. Dwi wedi trio. A beth bynnag, mae'n rhy hwyr nawr. Mae Dr Wg wedi fy nal i. Os na wnaf i'r arfau, mae e'n mynd i wenwyno pawb yn y ffatri. That's the deal. Dyna oedd y fargen.'

Roedd cân Alfred wedi gorffen, a dechreuodd pob Cnoc Bach guro ei big i ddweud hwrê.

'Plis, Dad,' gofynnodd un. 'Plis gawn ni ddysgu canu?'

'Twt, twt. Don't be stupid!' daeth llais blin, caled Mr Cnoc yn ôl. 'Fedrwn ni ddim. Wedi trio. A NAWR 'nôl at y gwaith, neu bydd YOU KNOW WHO yn dod ...'

'Stop!' meddai Elen wrth i'r adar bach ddechrau hedfan. 'Dewch 'nôl! Mae pen "You Know Who" wedi'i ddal mewn sach rwyd a siwmper wlân

Sef gwneud 'deal', cytuno ar rywbeth.

a fydd e ddim yn dianc am sbel.' Yna, trodd Elen at ei ffrind pluog. 'Mr Cnoc! Beth am daro bargen newydd? Beth am i Alfred dy ddysgu di a dy deulu i gyd sut i ganu, os gwnei di greu sgidiau i'r defaid a thynnu'r helmedau oddi ar glustiau'r tylluanod?'

Dechreuodd pob Cnoc Bach daro ei big a gwneud sŵn mawr hapus.

'Plis Dad, plis Dad, plis Dad, plis?!'

'Elen?' gofynnodd Mr Cnoc, 'Beth ddwedaist ti am Dr Wg? Mae'i ben e wedi'i ddal mewn siwmper wlân?' Doedd e'n amlwg ddim yn gallu credu'r peth.

'O ydy!' atebodd Elen. 'Wedi'i ddal. Nawr dewch, does dim amser i'w wastraffu. Pwy a ŵyr am faint fyddwn ni'n gallu ei gadw fe'n garcharor? Wyt ti a dy deulu'n mynd i'n helpu? Gwneud y sgidiau i'r defaid fel eu bod nhw'n gallu siarad eto a thynnu'r helmedau oddi ar glustiau'r tylluanod, neu beth? *Deal?*'

'Galla' i wneud yn well na hynny!' Roedd Mr Cnoc yn gwenu erbyn hyn. A dwedodd: 'Yn gyntaf, does dim angen creu sgidiau – maen nhw i gyd draw fan 'na mewn pentwr enfawr. Eisiau helpu'r defaid sorto nhw mas a'u gwisgo nhw sy eisiau. Yn ail, dwi'n credu galla' i ddal Amser 'nôl am ychydig … jyst digon i roi cyfle i ni sorto popeth mas'.

'Beth?!' holodd Alfred ac Elen ar ei gilydd. 'Ti'n gallu stopio Amser?'

Mae pobl yn dweud bod Amser yn 'cerdded', felly os yw 'Amser yn cerdded', rhaid bod gan Amser draed!

'Wel, dwi'n meddwl 'mod i'n gallu. Chi'n cofio fi'n sôn am fy hen, hen, hen, hen, dad-cu i – Y Crydd Cyntaf? Roedd e'n gallu. Fe oedd yr un wnaeth y sgidiau cyntaf i draed Amser, ac wel … roedd e ac Amser yn deall ei gilydd yn iawn. Dwi'n meddwl galla' i ddal Traed Amser 'nôl am ychydig bach, o leiaf.'

'Sut yn y byd…?' dechreuodd Alfred holi.

'Dim gair pellach!' meddai Mr Cnoc. 'Hen gyfrinach ein teulu ni yw sut mae Amser yn cerdded. A sut i stopio Amser … a does dim Amser i ddweud y gyfrinach heddiw.'

Roedd golwg ar Alfred fel bachgen oedd newydd glywed y peth rhyfeddaf erioed, a'i wyneb rhwng bod yn farc cwestiwn ac yn ebychnod anferth.

Cliriodd Mr Cnoc ei lwnc. 'Wel, falle ar ôl i ni gyd ddysgu canu, cei di wybod … ond antur ar gyfer diwrnod arall yw honno.' Yna, trodd at ei deulu, **'Reit,** at y gwaith!'

A hedfanodd pob cnocell at y mynydd sgidiau, a rhedodd Alfred ac Elen a Miss Prydderch Smotiau Melyn mor gyflym â phosib 'nôl i'r Llannerch i alw ar weddill y dosbarth i ddod i'w helpu.

45

Dr Wg yn mynd i gysgu.
Ac yn DEFFRO!

◆◆◆◆◆◆◆◆◆◆◆◆◆◆◆◆◆◆◆◆◆◆◆◆◆◆◆◆◆◆

'Nôl yn y Llannerch, ymhell o'r dibyn a **Silff y Sarff**, roedd gweddill y dosbarth a Miss Prydderch Smotiau Pinc wedi sylwi bod rhywbeth rhyfedd yn digwydd yn y bag rhwyd a'r siwmper wlân. Roedd sŵn fel rhyw grynu mawr wedi dechrau ac wedi stopio. A'r cwbl oedd i'w glywed nawr oedd sŵn rhochian braf.

'Chi'n meddwl fod e'n cysgu, Miss?' gofynnodd Sara-Gwen, gan gnoi ei hewinedd.

Roedd Lewis Vaughan wedi dechrau oeri a gofynnodd i Miss Prydderch, gan fod Dr Wg yn amlwg yn cysgu, a fydde fe'n gallu cael ei siwmper 'nôl.

Doedd Miss Prydderch ddim yn rhy siŵr, ond roedd hi'n gallu gweld bod gwefusau Lewis Vaughan yn dechrau troi'n las.

'Falle 'i fod e'n esgus cysgu, Miss,' mentrodd Sara-Gwen. Yn amlwg, doedd Sara-Gwen ddim yn meddwl ei bod hi'n syniad da o gwbl i ddechrau tarfu ar y neidr.

Sef aflonyddu neu 'styrbio'.

Ond cododd Miss Prydderch ac yn araf bach, bach, datododd freichiau'r siwmper a'i thaflu nôl at Lewis Vaughan. Datododd freichiau'r siwmper, ei thynnu'n ofalus oddi ar ben Dr Wg, a'i thaflu hi nôl at Lewis Vaughan. Doedd y plant ddim yn symud. Neb yn dweud gair. Neb yn tynnu anadl. Ac yn wir, roedd Dr Wg yn cysgu'n sownd! A mwy na hynny, roedd e'n edrych yn hollol wahanol. O edrych yn ofalus roedd rhywbeth yng ngwaelod y bag rhwyd. Gan ddal yn un o fylbiau pigog y castanwydd i gael golau mentrodd Miss Prydderch yn nes.

Roedd Sara-Gwen yn dilyn golau Miss Prydderch â'i llygaid, a'r peth nesaf, cododd ei llaw at ei cheg a sibrwd yn uchel 'OOO!'

'Beth sy'n bod?' holodd Anwen Evans.

'Mae neidr arall yng ngwaelod y bag!'

Trodd Miss Prydderch yn sydyn a rhoi'i bys ar wefus. 'DIM GAIR,' sibrydodd yn uchel.

Ond roedd hi'n rhy hwyr. Roedd y plant i gyd yn gweiddi a llefen, 'Neidr arall, neidr arall!' Ac wrth gwrs, deffrodd Dr Wg!

Edrychai Dr Wg yn wahanol. Doedd dim golau'n fflachio wrth iddo symud yn araf. Dim sŵn hihisssssian. Dim

Sef yn dawel iawn, iawn.

byd. Dim ond llygaid trist. A dechreuodd grynu'n araf. Sibrydodd rhywbeth dan ei anadl.

Mentrodd Miss Prydderch yn nes. '**Hisht!**' meddai wrth y plant. 'Pawb yn dawel! Mae Dr Wg yn ceisio dweud rhywbeth on'd yw e, Lewis Vaughan?'

Ac o'r bag rhwyd, daeth llais bach truenus. '*Dwi'n oer. Dwi'n oer, oer, oer ...*'

'**Miss!**' Llais Dewi Griffiths oedd hwn, yn sibrwd drwy'r tywyllwch. Roedd ei law yn yr awyr a'i fys ar wefus.

'Be' sy'n bod?' sibrydodd Miss Prydderch.

'**Miss!** Dim neidr arall sy' yng ngwaelod y bag rhwyd. Miss, dwi'n

70

cofio o'r gwaith cartref Bwrdd Natur. Croen Dr Wg yw e on'd ife Lewis Vaughan? Mae neidr yn colli'i groen bob hyn a hyn, a dyna pam mae Dr Wg yn oer. Drychwch Miss, mae e'n crynu ...'

Ac roedd Dewi Griffiths yn iawn. Roedd Dr Wg yn gryndod i gyd a'i hen groen sgleiniog yn swp yng ngwaelod y bag.

46

Dim amser i'w golli

◆◆◆◆◆◆◆◆◆◆◆◆◆◆◆◆◆◆◆◆◆◆◆◆◆◆◆◆◆◆◆

Gyda hynny, cyrhaeddodd Elen ac Alfred a Miss Pryddech Smotiau Melyn 'nôl o'r dibyn â'u gwynt yn eu dwrn. Roedd eu neges yn glir. Roedd rhaid i BAWB ddod ar unwaith i helpu teulu Mr Cnoc wisgo'r sgidiau ar y defaid a thynnu'r helmedau oddi ar bennau'r tylluanod.

'Ond ...?' dwedodd y plant bron gyda'i gilydd.

Yn brin o anadl.

'Sdim amser i ofyn cwestiynau,' esboniodd Alfred, 'jyst dewch!'

'Arhosa i gyda Dr Wg,' meddai Miss Prydderch Smotiau Pinc.

Cododd Dr Wg ei ben yn druenus. 'Ond dwi'n oer,' sibrydodd eto.

'Ti'n siŵr y byddi di'n iawn?' gofynnodd Miss Prydderch Smotiau Melyn wrth Miss Prydderch Smotiau Pinc.

'Siŵr,' atebodd Miss Prydderch Smotiau Pinc.

'Ac af i 'nôl gyda'r plant, 'te,' meddai Miss Prydderch Smotiau Melyn.

Cododd Dr Wg ei ben yn fwy truenus fyth. 'Ond dwi'n oer,' sibrydodd eto.

Er gwaetha'r ofn, ac er gwaethaf popeth roedd Dr Wg wedi'i wneud, teimlai Lewis Vaughan ychydig o drueni drosto, a thynnodd ei siwmper a'i thaflu hi nôl at y creadur hir, trist. 'Cymer hon! Dwi'n mynd i fod yn brysur. Ond bihafia!'

A bant â nhw, gan adael Miss Prydderch Smotiau Pinc yn lapio siwmper fawr wlân Lewis Vaughan am Dr Wg, a hwnnw'n dweud 'diolch yn fawr' a'i lais e'n gryndod i gyd.

Bu'r criw i gyd yn gweithio'n galed am oriau ac oriau. Pwy a ŵyr am ba mor hir? Roedd Mr Cnoc wedi gweithio'n galed i ddal traed Amser 'nôl ond nawr, roedd e'n dechrau colli'i nerth.

'Fedra i ddim eu dal nhw nôl

llawer mwy, Alfred!' gwaeddodd.
'Chi bron â gorffen?'

Oedd. Roedd y criw bron gorffen.
Roedd sgidiau ar draed y defaid i gyd, ac
roedden nhw wedi ailddechrau siarad
fel pwll y môr. Roedd Miss Prydderch
Smotiau Melyn wedi esbonio wrthyn
nhw'n union beth oedd wedi digwydd.
Esbonio bod Dr Wg wedi chwarae tric
cas. Esbonio nad oedd y tylluanod yn
elynion. Esbonio bod Mr Cnoc yn mynd
i ddysgu canu.

Daeth yr helmedau i gyd oddi ar
bennau'r tylluanod, ac roedden nhw
hefyd yn clebran ... ac yn hedfan!
Ac roedd sŵn y curo cas wedi tawelu.
Bellach, roedd y cwm i gyd yn llawn sŵn

75

brefu'r defaid, sŵn hwtian y tylluanod a sŵn teulu Mr Cnoc yn dysgu canu'r chwistl-drwmp. Roedden nhw wedi dad-wneud drygioni Dr Wg!

Roedd pawb wedi gweithio mor galed i sortio'r sgidiau, i dynnu'r helmedau a gwneud yr offerynnau, a nawr roedd traed Amser wedi dechrau cerdded eto. Roedd Amser yn amlwg

wedi dweud wrth y lleuad ei bod hi'n bryd iddi ddiflannu, ac roedd honno wedi dechrau troi 'nôl yn wyn ac yn arian ac wedi dechrau llithro o'r golwg. Trwy'r crac yn y gorwel, roedd yr haul yn dechrau gwthio'i drwyn.

'**Bydd rhaid i ni fynd!**' meddai Miss Prydderch Smotiau Melyn. 'Mae bron yn amser y cyfarfod! **Brysiwch!** 'Nôl i'r Llannerch!'

Neidiodd pob plentyn a phob dafad ar gefn tylluan, a hedfanodd y criw i gyd o'r cwm, dros y dibyn, heibio **Silff y Sarff** a 'nôl i'r Llannerch.

Roedd Miss Prydderch Smotiau Pinc yn falch iawn o weld y cwmwl plu o blant a

Fel hyn ry'ch chi'n dechrau anerchiad wrth griw mawr o ffrindiau er mwyn cael sylw pawb.

defaid a chnocelli a thylluanod yn hedfan drwy'r tywyllwch tuag ati. Ymgasglodd pawb yn y Llannerch. Y tylluanod. Y defaid. Teulu Mr Cnoc a'r Cnocs Bach i gyd. Y Plant. Y ddwy Miss Prydderch yn un. A Dr Wg yn ei siwmper wlân gynnes.

Pan oedd pawb wedi setlo, a'r plant i gyd ar y carped, cododd Miss Prydderch ar ei thraed a rhoi'i bys ar ar ei gwefus, a thawelodd pawb. Yna dywedodd hyn:

'Annwyl Ffrindiau,

Dwi wedi bod yn dod yn ôl ac ymlaen i Goedwig y Tylluanod ers blynyddoedd, fel y'ch chi'n gwybod, ac wedi mwynhau dod i'ch adnabod chi i gyd.'

78

Wel, Myng Lewis Vaughan oedd wedi gwneud y siwmper, ond siwmper Lewis Vaughan oedd hi go iawn.

Stopiodd ac edrych ar y defaid a'r tylluanod, y coed a'r adar a Dr Wg, pob un yn eu tro. Pesychodd i glirio'i llwnc.

'Ond yn ddiweddar, ro'n i'n synhwyro bod y lle hyfryd hwn yn mynd yn fwy ac yn fwy anhapus.'

Trodd llygaid pob anifail i syllu ar Dr Wg. Roedd y neidr yn edrych yn drist, a rhywsut, roedd ei weld yn gwisgo siwmper Myng yn ei wneud e'n llawer, llawer llai cas yr olwg. A gallai Alfred weld, o gornel y llygaid gwyrdd a melyn fod un deigryn bach ar ôl y llall yn disgyn yn bwll ar y llawr lle gorweddai Dr Wg.

'Na, na,' aeth Miss Prydderch yn ei blaen, 'does dim angen i bawb edrych ar Dr Wg. Ydy, mae wedi ymddwyn yn hunanol iawn, ac yn ddwl iawn, iawn,' a throdd i edrych ar y neidr swil. 'Pan sylwaist ti nad oeddet ti'n deall iaith pawb arall, yn lle gofyn iddyn nhw dy ddysgu di i'w siarad hi, defnyddiaist ti dy holl gyfrwystra i'w stopio nhw rhag siarad o gwbl! A phan welaist ti pa mor flin oedd pawb gyda dy gastiau cas di, yn lle ymddiheuro a dweud 'sori', beth wnest ti? Mynd ati i wneud y lleill i gyd i gasáu ei gilydd. Dweud pethau cas wrth y tylluanod am y defaid a dweud pethau cas wrth y defaid am y tylluanod ac yn y blaen ac yn y blaen ...'

Rhoddodd Gwen bwt i Gwlanog, cystal â dweud, 'Ar Dr Wg mae'r bai i gyd'. Ond dyma Miss Prydderch yn troi i edrych ar y creaduriaid eraill yr eiliad honno.

'A chi,' aeth yn ei blaen, 'roeddech chi mor brysur yn teimlo'n grac, sylwoch chi ddim fod Dr Wg yn crynu, ac yn oer, ac yn teimlo'n ofnus. Gallech chi fod wedi cynnig eich plu a'ch gwlân i wneud cot a nyth i'w helpu ar ôl iddo golli'i groen ... a falle, falle, falle ...' meddai gan arafu – roedd hi'n amlwg yn meddwl yn ofalus iawn am beth oedd hi'n mynd i'w ddweud nesaf, ac roedd Gwen a Gwlanog wedi plygu eu pen ac yn edrych ar eu sgidiau gwyrdd a choch. 'Falle,' dechreuodd eto, 'y gallech chi, oedd yn medru siarad iaith y goedwig,

Sef gwlad lle mae brenin neu frenhines neu rhywun pwysig yn arwain.

fod wedi cynnig dysgu Dr Wg i'w siarad hi hefyd.'

'Ond Miss?' Roedd llaw Anwen Evans fry yn yr awyr.

'Ie, Anwen?'

'Ond Miss, mae Dr Wg yn gallu siarad. Dwi wedi'i glywed e'n siarad. A chi wedi. A ni i gyd.'

'Ie, ti'n iawn Anwen, ond y broblem yw, er bod iaith Dr Wg ac iaith pawb arall yn swnio'r un peth i ni, ac er ein bod ni'n eu deall nhw i gyd, yn nheyrnas y Goedwig, dyw'r neidr ddim yn siarad yr un iaith â phawb arall, ac felly, dyw'r tylluanod a'r defaid a'r cnocelli ddim yn deall Dr Wg, a dydy Dr Wg ddim yn eu deall nhw. A dyna oedd y broblem fawr.'

82

Anwen! 'Rhyfedd'

'Weird,' meddai Anwen. 'Mae'r lle 'ma'n mynd yn fwy ac yn fwy od ...'

Gwenodd Miss Prydderch cyn dechrau siarad eto. 'Chi'n gweld, mae'n hawdd iawn i bobl sy'n byw yn yr un lle gamddeall ei gilydd drwy beidio ag edrych yn ofalus ar ei gilydd a gwrando'n ofalus ar ei gilydd ... A phan fydd problem yn dod, yn lle gweithio gyda'i gilydd i ddatrys y broblem, mae pawb yn rhy barod i ddadlau, a thrwy hynny, maen nhw'n gwneud y broblem yn llawer, llawer gwaeth. Ry'n ni, bobl Gwaelod y Garn, yn gwybod hynny'n dda ... mae problem fawr gyda ni ar hyn o bryd. Ond heno, GYDA'N GILYDD,

ry'n ni'n mynd i ddatrys y broblem.
On'd y'n ni, blant?'

Dim gair.

'On'd y'n ni, blant?' gofynnodd Miss
Prydderch eto. 'Y'ch chi eisiau datrys y
broblem?'

'Ydyn,' meddai Lewis Vaughan a
Dewi ac un neu ddau arall (ac Elen ac
Alfred, wrth gwrs).

'Y'ch chi eisiau datrys y broblem
gymaint nes eich bod chi'n barod i
weithio i'w datrys hi?'

'Ydyn!' meddai ychydig bach mwy
o blant y tro hwn.

'Y'ch chi wir?' gofynnodd Miss
Prydderch unwaith eto.

 '**Ydyn!**' meddai pawb y tro hwn,
yn uchel ac yn glir.

'Gwych! Os felly ... cewch chi weld, bydd y broblem yn llai o broblem cyn bo hir. Dwi'n addo hynny!' A chyn dweud un gair arall, cliciodd ei bysedd yn gyflym a galw:

'Ar y carped! A bant â ni!'

Ac wrth bod y gwynt yn codi o dan garped y cornel darllen, trodd at y creaduriaid a dweud, 'A dim mwy o ymladd! Dysgwch Dr Wg i siarad. A helpwch eich gilydd i droi Coedwig y Tylluanod yn goedwig hapus eto! A falle, rhyw ddiwrnod, down ni 'nôl i'ch gweld chi!'

Gyda hynny, cododd Miss Prydderch un sach o wlân ac un sach o blu i'r carped wrth i'r gwynt chwyrlïo. Ac un sach arall, ac o'r cip sydyn gafodd Alfred,

85

Edrych!

roedd hi'n edrych yn debyg bod y sach honno'n llawn plisg pigog y concyrs crwn. Wrth i'r carped ddechrau codi'n uwch ac yn uwch, gwaeddodd Elen, 'Mr CNOC! Dwi'n ADDO y bydd Alfred a fi'n dod nôl i'ch dysgu chi sut i ganu'n iawn!' A phan edrychodd Alfred lawr ar y Llannerch, roedd e'n gweld y ffrindiau newydd i gyd yn chwifio eu dwylo a dawnsio. Gallai glywed siarad. Siarad. Siarad. Siarad. A jyst cyn i'r Llannerch ddiflannu o'r golwg, rhoddodd bwniad bach i Elen. 'Efegedryfygych!' sibrydodd.

A gwelodd y ddau Gwen a Gwlanog a Tw-ît a Tw-hŵt yn lapio Dr Wg mewn nyth esmwyth o blu a gwlân.

47

Cyfarfod

◆◆◆◆◆◆◆◆◆◆◆◆◆◆◆◆◆◆◆◆◆◆◆◆◆◆◆◆◆◆◆◆◆

Roedd Mr Elias wedi bod yn gosod cadeiriau yn y neuadd ac wedi mynd yn ôl i'w swyddfa i godi'r blwch syniadau. Ar y ffordd yno, aeth heibio stafell Miss Prydderch. Dyna beth od – roedd y plant i gyd ar bwys y ffenest. Nage! Arhoswch funud! Roedd y plant i gyd yn dringo i mewn drwy'r ffenest! Diar, diar, diar. Roedd hi'n bryd i Mr Elias gael gorffwys. Roedd e'n dechrau gweld pethau! Gormod o gynnwrf, mae'n siŵr. Gormod o bobl a phroblemau a chyfarfodydd a theledu a radio a phapurau a syniadau … ac aeth Mr Elias i'w stafell a rhoi ei ben yn ei ddwylo.

Pan gyrhaeddodd Miss Prydderch a'r plant yn ôl yn y dosbarth, aeth draw i stafell Mr Elias i gasglu'r blwch syniadau. Rhoddodd gnoc ar ddrws ei swyddfa. Dim ateb. Cnoc fach arall. Dim ateb. Gwthiodd y drws yn dawel, a gweld bod Mr Elias â'i ben ar y ddesg yn cysgu'n sownd.

Druan. Roedd wedi bod yn colli cwsg dros fater cau'r ysgol.

Aeth Miss Prydderch allan o'r stafell yn dawel bach ar flaenau ei thraed ac estyn am y blwch syniadau. Doedd e ddim yn drwm, nac yn orlawn, ond yn sicr roedd rhai papurau ynddo. Ac yn ofalus, ofalus, cariodd y blwch yn ôl i'r stafell ddosbarth.

Sef 50

Aeth at garped y cornel darllen ac agor y blwch yn araf. Ysgydwodd yr holiaduron a disgynnodd rhyw hanner cant i'r llawr. Roedd yn ddechrau da. Rhannodd yr holiaduron rhwng y disgyblion i gyd. Aeth at y bwrdd gwyn. Gwnaeth dair rhestr.

Adnoddau Gwaelod y Garn 1: Sgiliau	Adnoddau Gwaelod y Garn 2: Defnyddiau	Anghenion Cymru a'r Byd Mawr

Ac ymhen hanner awr, roedd pawb wedi darllen beth oedd ar yr holiaduron ac roedd y bwrdd gwyn yn llawn.

Roedd cynllun gwych yn dechrau dod i'r golwg, ac roedd holl ddosbarth Miss Prydderch yn ysu am gael dweud y newyddion da wrth bawb yn y cyfarfod yn y neuadd.

Tua chwarter i ddeuddeg daeth Mrs Elias i'r dosbarth a gofyn i Miss Prydderch a fyddai hi'n fodlon arwain y cyfarfod, gan fod pen Mr Elias yn dost.

Ac felly y bu.

Roedd y neuadd yn llawn, a Miss Prydderch, gyda help y dosbarth, wedi llunio siart anhygoel o'r Cynllun. Yn glir ac yn ofalus, esboniodd Miss Prydderch bob rhan o'r siart. Ac o'r diwedd, roedd hi'n amlwg bod ateb wedi dod! Roedd yr Ymgyrch 7G yn fwy na breuddwyd, a daeth y cyfarfod yn neuadd yr ysgol i ben gyda phawb ar eu traed yn gweiddi a churo dwylo:

'Gwaelod y Garn! Gyda'n Gilydd Gallwn Greu Gwaith!'

Llifodd y rhieni a'r pentrefwyr i gyd o'r neuadd yn llawn cyffro. Roedd gwên fawr ar wyneb pob un, a phawb yn ysgwyd llaw gyda Miss Prydderch a holl blant Blwyddyn 6, gan ddiolch yn fawr iawn iddyn nhw am ddatrys y broblem.

Dwedodd Miss Prydderch wrth Gwyn i fynd i ganu'r gloch gan gyhoeddi dau beth:

Sef trio'n galed iawn.

i) bod yr ysgol yn cau'n gynnar heddiw i ddathlu Datrys y Broblem.

ii) bod angen i bawb gwrdd yn gynnar, gynnar bore fory yn festri Horeb. Roedd angen i bawb wneud YMDRECH FAWR i gael popeth yn barod cyn Y CYFARFOD nos Wener.

48

Nos Wener

◆◆◆◆◆◆◆◆◆◆◆◆◆◆◆◆◆◆◆◆◆◆◆◆◆◆◆◆◆◆◆◆◆

Pan gyrhaeddodd y Swyddog Sych a Mrs Thomas festri Horeb nos Wener cafodd y ddau sioc eu bywyd. Roedd y festri'n llawn ac roedd sŵn cyffro mawr yn y gwynt. Ar wal gefn y llwyfan roedd placard anferth ac arno'r geiriau:

Gwaelod y Garn – Gyda'n Gilydd Gallwn Greu Gwaith.

Yno, ar ganol y llwyfan … roedd **gwely!** Ac yn y gwely – ie, wir, go iawn – YN y gwely, yn gwisgo hetiau gwlanog a sgarffiau, roedd Mr a Mrs Elias! Ar un bwrdd bach ar bwys y gwely roedd tylluan Sara-Gwen yn ei

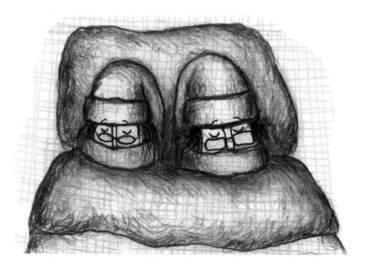

Sef darn o bren neu blastig gyda dwy ddolen ar bob pen er mwyn i chi allu cario pethau i'w cynnig nhw i bobl eraill.

chwpwrdd gwydr arbennig. Ar y bwrdd bach arall roedd cnocell y coed Elen, yr un bren, yr un a ddaeth hi i'w rhoi ar y Bwrdd Natur. Ar y gwely ei hun roedd carthen wlân drwchus. Wrth draed y gwely roedd clustogau plu moethus o bob lliw. Ac ar bwys y gwely, yn eistedd ar garped bach roedd Gwyn yn dal oen swci.

Wrth y drws safai Rhian Beynon gyda hambwrdd yn llawn o blisg pigog y concyrs – y pethau oedd yn y drydedd sach a ddaeth yn ôl o Goedwig y Tylluanod. Cynigiai un i bawb wrth iddyn nhw ddod i'r festri. Y peth gwych, anhygoel oedd nad plisg pigog oedden nhw o gwbl, ond malws melys!

Sef wedi dwlu'n llwyr.

Malws melys mewn siocled!! Roedd Alfred wedi gwirioni'n lân.

O amgylch y festri, o dan y ffenestri, roedd stondinau bach wedi'u gosod.

Roedd un bwrdd yn llawn bobls i glymu gwallt ac addurniadau gwlanog. Tu ôl i'r bwrdd hwnnw roedd placard yn dweud, **'Bobls i Bawb o Bobl y Byd'**. Yn sefyll o dan hwnnw roedd mam Alfred.

Drws nesaf i'r bwrdd hwnnw roedd stondin yn llawn offerynnau cerdd, ac mewn un cornel ohoni roedd **deuddeg** chwistl-drwmp newydd sbon. Tu ôl i'r bwrdd hwnnw roedd placard yn dweud yn syml: **'Yr Hen Siop Fara'**. Yn sefyll o dan y placard roedd y dyn oedd wedi symud i fyw uwchben yr hen siop fara.

Rhwng bwrdd y bobls a bwrdd y chwistl-drwmp safai Alfred. Roedd Alfred yn meddwl bod yr enw 'Yr Hen Siop Fara' yn enw od am siop fiwsig, ond doedd y dyn ddim yn deall Cymraeg, a falle mai dyna oedd y rheswm.

Roedd yno un bwrdd yn llawn siwmperi. Tu ôl i'r bwrdd hwnnw roedd placard yn dweud: 'Siwmperi Swanc'. Yn sefyll o dan hwnnw roedd Myng Lewis Vaughan. A Lewis Vaughan!

Roedd un bwrdd yn drwch o garthenni. Tu ôl i hwnnw roedd arwydd yn dweud 'Carthenni

Chi'n cofio? Dyma beth oedd Myng yn eu galw nhw.

Cymru'. Yn sefyll o dan hwnnw roedd Molly a Max a'u rhieni, a Gwyn a'i rieni.

Roedd dau fwrdd yn llawn deunydd pren. Tu ôl i un bwrdd roedd placard yn dweud: **'Siop y Saer Cwsg'**, a thu ôl i'r bwrdd drws nesaf roedd placard ac arno: **'Gweithdy Gwelyau'**. O dan hwnnw safai tad Dewi Griffiths. A Dewi Griffiths.

Clustogau oedd cynnwys y bwrdd nesaf, a thu ôl i'r bwrdd hwnnw roedd placard yn dweud: **'Palas Plu'**. Yn sefyll o dan hwnnw roedd Elen a Sara-Gwen a'u mamau, y Trendi Wendis.

Roedd un bwrdd yn gweini bwyd a diod. Tu ôl i'r bwrdd hwnnw roedd

placard yn dweud: 'Gwledd a Gwin Gwaelod y Garn'. Yn sefyll o dan hwnnw roedd Mr a Mrs Spottisking, perchnogion y Llew Du.

Ac ar y bwrdd olaf ond un roedd llawer o bethau wedi'u gwneud o ledr, gan gynnwys nifer fawr o wregysau. Tu ôl i'r bwrdd hwnnw roedd arwydd yn dweud: 'Gwregysau Gwaelod

y Garn'. Ac yn sefyll o dan hwnnw roedd Mr a Mrs Foster (y ledi ginio a'i gŵr).

Ar y bwrdd olaf, gorweddai cynlluniau ar bapur ac mewn modeli cardfwrdd. 'Cynllunio Yfory' oedd geiriad y placard, ac yn sefyll o dan hwnnw roedd y dyn tal a'r gwallt du, a thad Elen.

Sef y dyn diflas oedd yn dod gyda Mrs Thomas i bobman.

O dan y llwyfan, roedd bwrdd hir a thair cadair – un i Miss Prydderch, un i Mrs Thomas ac un i'r Swyddog Sych.

Arweiniodd Miss Prydderch y ddau arall i'w cadeiriau. Dyna pryd y sgrechiodd Mrs Thomas a neidio i ben y gadair, oherwydd beth oedd ar y bwrdd ond neidr hir wlanog Lewis Vaughan – yr un o wlân, yr un â'r llygaid sgleiniog.

Curodd Miss Prydderch ei dwylo, ac aeth pawb o'r stondinau ac eistedd ar y seddi yng nghanol y festri. Cododd Mr a Mrs Elias o'r gwely ar y llwyfan a dod i eistedd i'r rhes flaen. Roedden nhw'n edrych yn hollol boncyrs, mewn dau gŵn nos hir a chap nos a sgarff a sanau gwely gwlân. Ond am ryw reswm,

Roedd hi wedi gwneud araith yn y Goedwig, un oedd yn dechrau Annwyl Ffrindiau, chi'n cofio?

edrychai'r ddau'n hapus iawn, a Mr Elias, am y tro cyntaf ers misoedd, yn wên o glust i glust.

Dechreuodd Miss Prydderch ei haraith.

'Annwyl Gyfeillion,' meddai mewn llais clir. 'Diolch i bawb am ddod yma heno. Diolch i bawb am y syniadau. Diolch i bawb am baratoi'r arddangosfa.'

Yna, trodd at Mrs Thomas a'r Swyddog Sych. 'Mrs Thomas, yr hyn sydd o'ch blaen chi yn festri Horeb heno yw darlun yfory. Mae trigolion Gwaelod y Garn wedi sefydlu cwmni **'Gyda'n Gilydd'**, ac ry'n ni'n berffaith siŵr y gallwn ni greu swyddi da i nifer o bobl drwy adeiladu ar y sgiliau a'r defnyddiau sydd gyda ni yn yr ardal. Ry'n ni wedi meddwl am beth sydd ei angen ar bobl Cymru ac wedi meddwl sut allwn ni greu y pethau hyn.

- Mae gyda ni ddefaid, digon o defaid, diolch i deulu Gwyn.

- Mae gyda ni felin wlân – oes, mae angen ei thrwsio – ond mae'r gwaith hwnnw wedi'i ddechrau, diolch i deulu Molly a Max.

- Mae gyda ni adar a choed o bob math.

- Mae gyda ni dir da yn y pentref all fod yn ardd wych i dyfu llysiau.

- Mae gyda ni le i godi perllan afalau, lle i godi gwinllan o rawnwin, a lle i dyfu gwenith.

- A hefyd mae gyda ni fam-gu Lewis Vaughan sy'n gallu gwau a gwehyddu dillad a charthenni.

- Mae gyda ni fam Sara-Gwen a mam Elen sy'n gallu cynllunio dillad a chlustogau.

- Mae gyda ni fam Alfred sy'n gwybod am fyd ffasiwn.

- Mae gyda ni dad Dewi Griffiths sy'n saer coed penigamp.

- Mae gyda ni Mr a Mrs Spottisking sy'n gallu coginio a gwneud gwin a chwrw.

- Mae gyda ni Mr a Mrs Forster sy'n gallu trin lledr.

- Mae gyda ni Pud Pickles sy'n byw uwchben yr hen siop fara ac sy'n gerddor penigamp.'

Sef rhywun sy'n cynllunio adeiladau a phethau felly.

(*O, dyna beth yw ei enw e,* meddyliodd Alfred i'w hunan — *Pud Pickles, enw braidd yn od* ... ond roedd Miss Prydderch wedi symud yn ei blaen).

- 'Ac mae gyda ni Mr John Hinden,' a chyda hynny pwyntiodd at y dyn tal a'r gwallt du oedd yn eistedd ar bwys tad Elen. 'Mae Mr Hinden yn bensaer ac mae e'n arbenigwr ar gynllunio ...'

Gwrandawai Mrs Thomas yn astud, ac os oedd hi'n wyn ac yn welw ar ôl gweld y neidr, erbyn hyn roedd hi'n biws ac yn goch ac yn edrych mor grac â llosgfynydd oedd ar fin poeri tân.

'Ond **Miss Pritchard!**' gwaeddodd.

'Prydderch,' cywirodd Miss Prydderch hi.

106

'Miss Prydderch!' gwaeddodd Mrs Thomas yn uwch. 'Mae'n rhaid i chi gael arian cyn gallwch chi drwsio melin wlân, neu brynu offer i wneud carthenni a siwmperi ac offerynnau cerdd a throi'r tir yn winllan ac yn berllan ac yn ardd ac yn y blaen ac yn y blaen ac yn blaen.'

Dyna oedd ei union eiriau hi, gan gynnwys y tri 'ac yn y blaen'.

Mr Dafydd oedd tad Elen Benfelen.

'Mrs Thomas,' atebodd Miss Prydderch yn dawel a chadarn. 'Ry'ch chi'n hollol iawn, a dyna beth ro'n i am ei ddweud nesaf. Mae Mr Hinden a'i gwmni yn arbenigwyr ar sut i fynd ati i godi arian, ac maen nhw wedi dod o hyd i bobl sydd am helpu cwmni *Gyda'n Gilydd* i ddechrau ar y gwaith!'

Trodd pawb i edrych ar Mr Hinden, y dyn tal a'r gwallt du.

Ac meddai Miss Prydderch, 'A nawr, hoffwn i alw ar Mr Hinden a Mr Dafydd i ddod i'r blaen i esbonio'r drefn i ni.'

Ar ôl i'r ddau esbonio'n union sut ac o ble a pham y bydd hi'n hollol bosib gwneud yr holl bethau oedd ar y

Doedd Alfred ddim yn siŵr iawn beth oedd hwnnw. Byddai'n rhaid iddo ofyn i'w fam ar ôl y cyfarfod.

Roedd mam Elen wedi esbonio mai rhoi arian i wneud rhywbeth oedd gwneud 'buddsoddiad' yn y gobaith y byddai'r peth oedd yn cael ei wneud yn llwyddiant.

stondinau a siarad lot o syms a dweud geiriau mawr fel 'buddsoddiad' a geiriau llai fel 'llog', curodd pawb yn y festri eu dwylo.

A mentrodd Alfred weiddi'n uchel:

'Gwaelod y Garn – Gyda'n Gilydd Gallwn Greu Gwaith!'

Pwy oedd y cyntaf i ymuno yn y siantio ond Mr Elias, ac yna dechreuodd pawb floeddio:

'Gwaelod y Garn – Gyda'n Gilydd Gallwn Greu Gwaith!'

Ond doedd Miss Prydderch ddim wedi gorffen. Cododd ei llaw ac un o'i haeliau, a thawelodd pawb yn syth. 'A Mrs Thomas, ry'n ni'n amcangyfrif bydd angen llawer o weithwyr arnon ni i wneud hyn oll. Bydd *Siwmperi Swanc, Palas Plu, Carthenni Cymru, Bobls i Bawb, y Saer Cwsg a'r Gweithdy Gwelyau,* y dafarn, y felin, y fferm, yr ardd – bydd pawb eisiau gweithwyr a phobl i ddysgu'r grefft. A bydd angen athro neu athrawes i ddysgu pawb sut i siarad Cymraeg ...'

'Ond, Miss Pritchard!'

'Prydderch,' cywirodd Miss Prydderch eto.

'**Miss Prydderch!**' gwaeddodd Mrs Thomas. 'Does dim un o'r cynlluniau hyn yn mynd i greu plant!'

'A wel,' atebodd Miss Prydderch, 'rhowch gyfle i ni. Bydd y gwaith i gyd yn denu pobl i'r ardal, a phwy a ŵyr faint o blant a ddaw gyda'r gweithwyr. A beth bynnag,' erbyn hyn roedd hi'n siarad yn dawel ac yn gwenu'n llydan, 'mae rhai plant newydd ar eu ffordd yn barod ...'

Yna, gan bwyntio at wahanol bobl yn y festri, aeth yn ei blaen. 'Mae Mr a Mrs Elias yn disgwyl babi ymhen pedwar mis. Mae mam Molly a Max yn disgwyl set arall o efeilliaid ... ac mae gwraig Mr Hinden yn disgwyl tripledi! Dyna **chwech** o blant newydd yn syth! Ac ar y gair, mae gwraig Mr Hinden wedi cyrraedd y festri ... rhowch groeso iddi.'

Trodd pawb at y drws. A phwy oedd yn sefyll yno mewn ffrog a phatrwm

Sef arogl neis fel rhosyn.

blodau, yn wên fawr ac yn bersawr rhosod ond Miss Arianwen Hughes!

Erbyn hyn roedd pawb ar eu traed yn curo dwylo a gweiddi 'Hwrê!' Pawb ond Alfred. Roedd e'n rhy syfrdan i symud. Cymerodd hi tua **deg** eiliad cyfan iddo allu credu'i lygaid. Trodd at gefn y festri ac edrych at y drws eto. Ie, roedd e bron yn siŵr mai Miss Hughes, Miss Arianwen Hughes, oedd yno. Trodd i edrych at flaen y llwyfan, gan feddwl y byddai'n rhwbio'i lygaid i wneud yn siŵr nad breuddwydio oedd e. Pan agorodd ei lygaid roedd e'n edrych ar y gwely ar ganol y llwyfan. Meddyliodd y dylai droi i edrych tua'r cefn unwaith eto i gael bod **100%** yn siŵr, a dyna pryd welodd e'r dylluan yn y casyn gwydr yn rhoi winc iddo. **Do wir!** Syllodd Alfred yn stond. Tw-ît oedd y dylluan! Syllodd eto. A dyna ni, un winc arall.

A chyda hynny, clywodd Alfred lais y tu ôl iddo yn dweud, 'Helô Alfred, a sut wyt ti?'

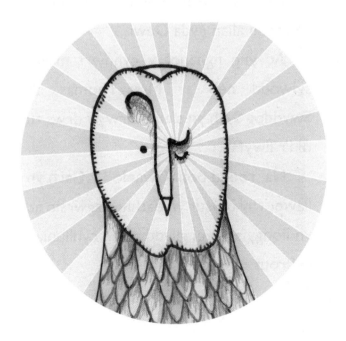

A phan drodd i edrych, pwy oedd yn sefyll yn ei ymyl ond Miss Hughes!

'Hei, Alfred!' Daeth llais arall, llais Dewi Griffiths, 'Dere 'mlaen! Ni gyd yn mynd i gael gêm bêl-droed. Plant yn erbyn oedolion. Ac wedyn mae pawb yn mynd i gael barbeciw yn nhŷ Molly a Max. Dere 'mlaen, glou!'

Gwenodd Alfred ar Miss Hughes a rhedodd allan gyda Dewi.

Ac yng nghanol y cynnwrf mawr, sylwodd neb ar Mrs Thomas a'r Swyddog Sych yn sleifio drwy'r drws tu ôl i'r llwyfan.

Na, roedd pobl Gwaelod y Garn yn llawer rhy brysur yn dathlu a sgwrsio ac yn llongyfarch ei gilydd ar eu cynlluniau cyffrous newydd.

114

49

Y dyfodol

◆◆◆◆◆◆◆◆◆◆◆◆◆◆◆◆◆◆◆◆◆◆◆◆◆◆◆◆◆◆◆◆◆◆◆◆

A'r noson honno, gorweddai Alfred ar wastad ei gefn yn ei wely'n syllu ar y nenfwd. Roedd y sticeri sêr bach yn gloywi drwy'r tywyllwch a gallai weld gwregys sgleiniog Orion, yr heliwr mawr, yn glir. Gwregys. O! roedd Alfred yn hoffi dweud y gair 'gwr-e-gys'. Roedd e'n air **crynshi**. Lot gwell na 'belt'. Ac uwch y gwregys gallai weld llaw fawr Orion yn pwyntio'n syth uwchben, bron fel pe bai'r hen heliwr mawr yn dweud: 'Hwrê!' Ac yng nghlustiau Alfred roedd sŵn Mr Cnoc a'i deulu'n canu'n swynol, ac roedd sŵn chwerthin a sŵn a ddwedai wrtho mai fory oedd diwrnod cyntaf Y Dyfodol. A sŵn a ddwedai wrtho ei fod e'n edrych ymlaen yn fawr at fod yn rhan ohono.

Roedd y sŵn hefyd yn sibrwd wrth Alfred fod anturiaethau eraill yn disgwyl amdano yn rhywle yn awyr fawr y nos uwch ei ben.